当代诗人自选诗

夜之书：虞山

浦君芝 著

中国书籍出版社
China Book Press

图书在版编目（CIP）数据

夜之书：虞山 / 浦君芝著 . — 北京：中国书籍出版社 , 2019.4
ISBN 978-7-5068-7281-2

Ⅰ . ①夜… Ⅱ . ①浦… Ⅲ . ①诗集－中国－当代 Ⅳ . ① I227

中国版本图书馆 CIP 数据核字（2019）第 080192 号

夜之书：虞山

浦君芝　著

图书策划	成晓春　崔付建
责任编辑	成晓春
责任印制	孙马飞　马　芝
出版发行	中国书籍出版社
地　　址	北京市丰台区三路居路 97 号（邮编：100073）
电　　话	（010）52257143（总编室）（010）52257140（发行部）
电子邮箱	eo@chinabp.com.cn
经　　销	全国新华书店
印　　刷	三河市华东印刷有限公司
开　　本	880 毫米 × 1230 毫米　1/32
字　　数	75 千字
印　　张	5.5
版　　次	2019 年 7 月第 1 版　2019 年 7 月第 1 次印刷
书　　号	ISBN 978-7-5068-7281-2
定　　价	38.00 元

版权所有　翻印必究

让语言的光芒
在生命的夜空里舞蹈（自序）

我一直以为，如果一个诗歌作者不是自己作品的第一读者——作品完成以后就不想再去读，我以为那是不负责任的，至少对自己是这样——连自己都不想阅读了的文字，有什么理由让别人去阅读你的作品呢？诗歌的魅力是内容和语言的魅力。我常常在阅读别人的作品时，发现感动自己的一双小手，轻轻触动内心的敏感。阅读现代诗歌，有时候最缺少的就是"感动"，有人引经据典地赋予诗歌更多诗歌以外的东西，不再让自己感动，我不知道他们这样做为什么还要写诗歌作品。另外，我想诗歌需要"大树"，也需要小花小草，都成为"大树"是不可能的，况且大树小草也都各有优劣。现代诗歌的发展无论面向什么方向，具体到作品无论每首诗长或短，内容如何，我们总需要执着，需要坚守着感动的阵地，坚持在这个阵地的一角，上演现代诗歌的舞蹈。我这样说，并不是认为自己的作品有多么好，其实相反，我一直写着那些反映自己生活和生命思考的短诗，有时候为自己一些作品中的瑕疵以及写不出"伟大"作品而有一点点懊恼。

写作是需要思考的，并根据自己的思考写出作品。但写作者个人与家族的经历痕迹、局限，在写作的过程以及作品中，我们总能隐约可见。而对自身、社会、人类的各种经验认知，包括对汉字语言的应用，是否达到某种成熟或者高度，并剥离那种狭隘的个人偏见，这需要我们努力一辈子。我生活在虞山，在江南水乡发展最快的地区，经历与体验着时代巨大变化的丰富与复杂，那些出现或者消失的城市与乡村的事物，以及社会变革带给我的惊喜或者忧伤，带给我精神上的冲撞。我最好的表达方式，就是常常在夜晚来临的时候，通过阅读与写作，让自己的灵魂，浸润在诗歌语言的光芒里；这些光芒，让我心绪澄澈透明，让我精神世界的夜空明亮无比。

对我而言这就够了。对夜晚，我有特别浓厚的兴趣。近30年的地方史志工作，编辑了大量的书籍，埋首倾听那些历史以及倾听之后的录写，让我与夜晚有着交臂式的亲和。有时候，在夜晚的房间里独处，我仿佛看见有个人，澄明的灯光下，和词语发生着一场场纠葛；看见他对文学的倾情、迷茫、痛苦、寻觅、挣扎、悟醒的梦想游戏，都沾染了夜晚的色彩。他让我遐想在一片内敛的灯光里，不忍抬头，也无须抬头，更无暇抬头。灯光之外，一片黑暗，就像他的一首小诗中写的那样——"推开窗去看/鱼和鱼的歌声/悠闲地在夜海中徜徉"（《中秋之夜，我看见鱼在夜海中徜徉》）。我知道那个人就是我。我能静静地感受到自己像一本书，融入房间内外夜晚的景致中，期待岁月宏阔的展开。我感到一种冷色调的迷雾舒缓浸染，一条柔美的小河水在我眼前流过，夜晚的鱼泛着磷光，一个美丽而复杂的世界，静卧在阴柔的语言里；而那些语言的光芒，正在我的身旁，在夜晚的虞山上空闪烁舞蹈。

有个朋友说我偏喜欢冷色调："在诗歌意象的选取上往往有大量的夜晚、月亮、星空、水、花木等阴柔属性的事物与场景，还有许多对弱小生命如蚂蚁、蜻蜓的关怀。然后展开他的诗的语言表达，对生命和生活的体验。呈现出一种内敛的静态美，不张扬的场景，却对生活有着一些深入的思考与感念。"世界是丰富多彩的，小小的事物往往都透露出生活和生命本真的特色。而在夜晚写下这些诗歌时，往往让我沉静、思考，让我在繁忙的岁月里感受着生命的丰富多彩，也包括残酷与美丽，感悟着生活的真谛。

我的家在虞山，有生之年，我会动员所有的夜晚，用语言的光芒，把自己的一生写成一首感动自己的诗歌。

2018年12月9日夜

目录 / Contents

001　让语言的光芒
　　　在生命的夜空里舞蹈（自序）

第一辑　通幽

002　通　幽
003　归　宿
005　登言子墓道
007　夜色黄墙（三则）
009　破龙涧
011　秋晨，去方塔公园
013　旧山楼
015　进阁者
017　冬，在新的梅颠阁
019　梅花引
020　冷　光

022　草木谣
024　"燕谷，燕谷"
025　唱山歌的女子
026　在小石洞
028　雪夜虞山，在光阴的断面中沉睡
030　去宝岩寺的路上
032　傍晚，雨过寺路街
033　初冬，再访小石洞

第二辑　光阴

036　像一阵风吹过嫩江路
037　时间古道热肠
038　店门口读书的孩子
039　一片叶子飘上我的肩膀
040　安静尾随喧哗而来
041　嫩江路上没有"江"
042　一碗拉面的乡愁
043　药房里的女人
044　一朵花
045　麻　雀
046　王平的兰花
047　不要遗忘
048　雨　象
049　香樟树和它的影子

050 "燕燕于飞"

051 月光下的街道睡着了

052 午夜，雷雨下的尘埃

053 雨夜孤灯

055 早晨七点的清洁工

056 光；午夜

057 马　路

059 与汪慧慧老师聊天

061 这个黄昏

062 嫩江路，阴天

063 五　月

064 寺庙旁飞来的几只白鸽

第三辑　鸟鸣

066 想月亮

068 小　雪

069 冬　雾

071 探　春

072 鸟　鸣

073 秋　色

074 天　空

075 黄　梅

076 三只蚂蚁

078 午后，听听阳光

079　两只苍蝇
080　沉　默
081　秋　雨
083　雪　花
085　下雪了
086　无　题
088　一　月
089　这个秋天
090　立冬帖
092　三米之外

第四辑　遇见

094　落　叶
095　遇　见
096　柳如是
097　三月，遇见吴市
099　三湾村
100　江边老街的女孩
102　在老街
103　一朵梅花
104　一只小鸟耳鸣了
106　与石梅的孩子谈写作
107　白纸黑字
109　夜读《黄公望传》

第五辑　知止

112　适　止

114　知　止

115　白露夜

117　一粒尘埃

119　一滴水

120　冬雨的檐下

122　放　牧

123　阳　光

124　名　字

125　此　际

126　憔　悴

127　祖　母

129　影子及其他

130　牙　疼

131　朽　木

132　暴雨前的乌云

133　十一月三日

134　十月初九夜，雨

第六辑　琐记

138　虞城琐记（五则）

141　集贤村

142 在中医院寻找一个身影
144 在一个书院喝茶
146 凤凰山
148 行宫里的尘埃
150 在湖东社区,被一个词语温暖
152 那些沿江码头上的事物

154 地域文化散发的浓烈诗意
　　——浦君芝组诗《时光里的气息》赏析

第一辑 通幽

通 幽

夏晨，一缕阳光在后禅院
捉着竹影
吟诵一首唐诗

时光的缝隙里，有一书生
扑着光影
倾听一粒磬音

在破山寺后禅院，一些景象自齐梁至今
如僧人，来来往往

一些荷绿缝住了季节。一些
清扫庭院的人
着黄衣，默念《达摩经》

晨光轻移竹径。后山花木深深

归 宿

它从早晨就随我出门
上午去拜访旧山楼的《诗抄》
一道阳光
从古树叶缝间溜进藏书楼
趴上我肩头向它问好

它安静又随和。下午
伴我来到西城楼阁
一些菊花
在城墙脚下向它展示缤纷色彩
那些目光令它感到秋的不安

夕阳下我们一起上了8路公交
车颠簸着驶过书院街的图书馆
一声轻微的咳嗽
对面博物馆的气息扑面而至

它差点从我身上踉跄而逃

回到家中书房,天已傍黑
我把外衣挂上椅子时,它掉下来
落到一张翻开的书页上
——今晚,这里是我和它的归宿
我是那本书,它是书中一粒尘埃

登言子墓道

墓道长长,依山逐级而上

两千五百多年前的一粒石子
在历史的甬道上轻敲时光
墓地就有隐隐的回响

"南方夫子"的坊额默不作声
文学桥下的池塘,时满时涸
蛙声沿汉唐宋元明清的夜晚,一路传来

孔子高足,"十哲第九"①
吴地根系遍及四海
言偃的理念,自古浸透东南民间

---

① 孔子三千弟子中,最优秀的有十人,后人称为"十哲",其中言偃名列第九,故后人又称其为"十哲人中第九人"。言偃是孔子三千学生中唯一的南方人,所以他被称为"南方夫子"。

"灵萃句吴"，"文开吴会"
风的心事在牌坊间穿梭
此时墓道空空。一朵飘云的影子
与墓地上的一撮土，遥相呼应

夜色黄墙(三则)

1

夜色沉默
风从窄窄的门缝里挤过
在路边呜呜地响

路边是长长的黄墙
隐向远处的山坡
隐向山坡深处的竹林

竹林里竖着许多碑
每一块碑均能映见生与死

2

黄墙内外
出与入,进大门或窄门
谁在引导芸芸众生

天上的星月苦笑
穿灰袍执单手行礼的僧
行色匆匆于墙内曲廊

有诵经声隐隐传来
一只鸟雀扑棱一下飞过黄墙

3

面对夜色黄墙
我莫名想起《马太福音》那本书
想起书里说的"窄门""宽门"
那些从门里进进出出的人

假如人世的"门"与"路"
只在你的内心
黄墙内外一定亦如此
你看此时的月光,亮一会暗一会

破龙涧

一个传说,成就了
破山寺前的破龙涧
白龙破山而出
让涧水流淌千年不息
每一粒晶亮,均是梵音

梵音在寺院内,在空心潭
在潭中鱼和龟的体内
安静。一如潭边的树木
每一片叶子上
都有一首唐诗的影子

后禅院山坡上的泉水
如君子,静静地
与岩石交流
深邃的目光穿过千年

穿过寺庙内的"兴福"巨石

破山寺的水,充满
悲悯,慈爱,正义与感伤
它们来自仁慈的虞山
又去往大地与民间
每一滴,都是时间的钟磬之音

秋晨，去方塔公园

一些厚实的墨色，卷着清脆的塔铃声
逶迤而来。那些宋代以来的故事
那些文人骚客的影子
随你一起，步入方塔公园的大门

晨起锻炼的，喝茶遛鸟的
欣赏碑刻或名人馆的
在这个城市的叶脉一角，优哉游哉
流连或者沉思或者轻轻吟唱

某个秋晨去方塔公园，看见
葳蕤的草木树影与木樨花的香味
在池塘的荷叶间，捉着迷藏
捉着你一杯茶的红尘时光

塔檐下，一粒阳光幸福地升起

照见你的筋脉,照见你来时的路
和回去的路——沿途,金色成河
此时你听见:晨曦里的塔铃声,悠悠远远

旧山楼

旧山楼不旧

近处的虞山
目光深邃。阳光
从历史的甬道深处
晃过来
晃过虞山,正好晃在
旧山楼,三百年的红豆树下

曾经废墟一片,如今
回廊、亭台、草径、梅枝宿鸟
以及藏书楼……
都是新的。那些国宝典籍
那部二百四十二种的奇书
——《脉望馆抄校古今杂剧》
早已传奇一般远藏北京

旧山楼有旧
古红豆树、古银杏树
与那些旧的故事和人物
与赵宗建、曾国藩、翁同龢们
回复在新的旧山楼中
或明或暗
藏身

看如今旧山楼畔
报慈学校的书声琅琅
那些或师或生或爱书者
或校内外远远近近的慕名者
流连于旧山楼之半亩园
似乎一草一木的气息
都可纳入
每一位入园者的呼吸

我于冬日某晚，在旧山楼外
虔诚面对
神慈的虞山在我背后
依稀中，有梅枝上的宿鸟
呼啦啦飞起——
那是否，旧山楼被惊的书魂？

进阁者

往木楼梯上迈一步,这座楼阁
就往下矮一些。周末无人
只有斜阳的余晖
从半掩的窗户探进身体来
让脚踩在木楼上的声音
更有了神秘的色彩

继续往上走。周围很静
藏书楼偏隅于偌大的校园
进阁者停下脚步时
却仿佛听见有书页翻动声
有人,低吟宋词元曲
一阵梅香,隐隐飘进楼阁

冬日短暂。夜晚向着不速之客请安
一些暗物质注视着进阁者

——把自己交给了一个藏书阁楼

仿佛一百二十多年前

他就是这里的主人

冬，在新的梅颠阁

楠木书柜曲折不见踪影
《古今杂剧》的气息
在百年后会否
从千里之外，从时光深处
游访到新的梅颠阁

书楼外，修篁古木任风来去
曾国藩的题字
一定在暗处轻轻叹息
半亩园中何时再见名士风流

书楼内，恍见宣纸墨香
假若清代的楼主穿越
是否惊诧古今书目的异同
惊诧《庚子非昔日记》上的水渍

在新的梅颠阁
思维若梅枝一样摇晃
冬就将一些历史的花朵摇落
一些旧人旧事
就散出梅一般的幽香来

梅花引

雪落在半亩园时，梅花
在一卷廊下读杂剧
读出了芳心

楼檐依旧，宋元的气息
隐在时光里。另一些书目
散在夜晚的红豆树边
散在雪光里

近山依旧。谁摘了
一朵花蕾却不小心丢弃
谁又访遍书楼
雪花中不见书生踪迹

冷　光

一枚玉器，在博物馆的橱窗内
隔着玻璃注视讲解员
对参观者叙述它的来历和价值
玻璃很想借讲解员的嘴巴
替玉器说几句话
而我，就是那橱窗的玻璃

玉器是古代皇家旧物
参观的人误信了它的用途
讲解员顺溜的话总是缺少了什么
听众只用几句简约感慨了事
一群又一群陌生人
在橱窗的面前来来往往

玉器不能开口
它是这个城市历史的一块胎记

它的质地
让许多爱玉的人不能自持
每到夜晚,它会泛出一股冷光
让每个窥伺的人不寒而栗

草木谣
——游曾赵园随想

之前,知道虚廓园的草木曾经瘦瘦的
这些曾园三宝们——
四百多年的香樟、白皮松、红豆树也瘦瘦的
曾园的兄弟赵园
也曾被毁了建,建了毁。然后再建
"小辋川",在历史的雨水里滴答着巨大的悲伤

历经数个世纪,新的春天之后
终于,葳蕤的草木同"三宝们"一起
在亭台楼阁坊桥之间,在假山长廊之前
与大片的荷花一起皈依"莲花世界"
此时,你会仿佛看见曾朴吗?于"归耕课读庐"中
奋笔疾书《孽海花》
而另外一些"归耕图"与"课读图"间
李鸿章、张之洞、翁同龢、杨沂孙的名字

在一些游客的目光里鱼贯而入

此时，你一定想起"小辋川"中曾经的典故
曾经的那些读书人
以及那滋养过小城根脉的藏书楼
它们会不会正沿着春天的气息逶迤而来
悄悄地渗进你的灵魂
让你如同那些滋润的草木山水，从曾园到赵园
始终爱意深深

"燕谷，燕谷"

燕园。黄石假山"燕谷"是我心里的老大
它以直白的方式，扔满园林叠石大师戈裕良的灵性
清代至今，名满江南

一座假山活了。一些名士的头发白了
蒋元枢、蒋因培、归子瑾、蒋鸿逵、张鸿……
来来去去的主人幽幽经营

这个冬天，我从"三婵娟室"到"五芝堂"
用眼睛，一一咬开燕园的变迁历史
用茶水，一一招待燕园的往来气息

我突然感到，古城的这个园林
这样一座嶙峋多姿的奇石假山——
"燕谷，燕谷"，傲然凝视着头顶不朽的天空

唱山歌的女子

她沉浸在自己的唱腔里。仿佛
每一个词语就是恋爱时该有的一句情话
每一个招式就是对恋人应做的一个动作

唱山歌的女子流目顾盼。千年的民歌
千年的心,在这里
在大自然的滋养中久传不绝

在山歌馆的某日下午,我见到
阳光亲吻着周围的树木
一只虫子,在墙壁角落凝神屏息
一草一木安坐大地,都在静静聆听

在小石洞

有人往洞里丢了一枚硬币
便有人下跪磕头
檀香味隐隐从白云栖寺飘过来
一块红布系在三百多年的紫藤上
阳光透过盘根虬枝
透过古藤叶缝向洞的深处张望
洞口有凝珠滴落时
感觉有一丝梵音从洞底传出

我想起旧志载清乾隆间
邑人摹刻的米芾"梵天游"额
及赵孟頫书《陋室铭》
无从寻觅
便为之伤感——

洞旁那明代的藤溪草堂
早已被漫漫时光
深深埋葬

雪夜虞山，在光阴的断面中沉睡

虞山在今夜的大雪中安坐不动
它不动，大地也不动
它庞大的身躯及周围的事物都不动
那些虚拟的事与物。明清以来
那些以它的名字命名的
诗、书、琴、画诸种流派
把一批又一批热爱的灵魂牵引
就像今夜，白雪弹着凝固的空气
弹着吴王仲雍墓台旁的几株蜡梅
发出轻微的"沙沙沙"声
画境一样

其实虞山是动的，随地球而动
随光阴而动——
只是，只是在我活在巨大的
光阴的一个断面中

我所见的吴地地貌与文化
都是光阴拦截的结果
各种帝国塌陷之后,留下的痕迹

我在雪夜凝视虞山,十里青山
承载了吴地文化的半壁江山
它却在光阴的断面中始终沉睡
恍惚间我感到
它对吴地的意义,就是我心中
欧洲文化中的阿尔卑斯山

去宝岩寺的路上

山路边有烛火刚熄
一缕细烟
孤魂一般飘往树梢
供香火的女人绕过路边躺着的夜醉者
醉汉的鼾声曲曲弯弯
不知是否惊扰了悼念的哀怨

清早,去宝岩寺的路上
看到纪念的日子总是惊人的相似
在人间烟火的痕迹里
活着的人总有些生死秘密
一不小心,让自己的记忆眼神
佝偻着腰向亡灵延伸

我开始妄想
感觉身前身后出现了白色经幡

不远处的寺墙内
黄色蒲团上跪着自己的影子
身旁响起清脆的木鱼声

傍晚，雨过寺路街

密集的雨点敲击我的车子
引擎盖的声响
有一种悲戚的表情

街上空荡荡的。路旁
四高僧的墓园缓缓闪过
天快要暗下来

打开车灯。照见
一只湿淋淋的流浪狗蹿上路面
我紧踩刹车

迷路的小狗原地转了几圈
灯光让它耀了眼
而我坐在车里，也不知所措

初冬，再访小石洞

到达洞口前，需要穿过另一座
历史的门楣。传说让许多人
执迷不悟，虔诚的样子
羞煞"小云栖寺"头顶的一朵白云

洞口的紫藤已有千年
庇荫下的露珠泉缓缓而滴
一滴两滴三滴，每一滴都在叩问
明代佛庐草堂以来，寺阁楼亭
去了哪里？米芾"梵天游"额呢
赵孟頫的《陋室铭》也不见踪迹

我沿石阶
进入初冬时的小石洞，伫立片刻
几粒梵音从洞的深处传来
暗藏着姜太公在避纣时的一些秘密

第二辑　光阴

像一阵风吹过嫩江路

夜是跟着黄昏踏进门槛的
那些高楼上的光线
那些路灯，车灯
占了夜黑的几亿分之几
谁也不知道
希望就藏匿在黑夜里
不会因为你发生视角的变化而改变
就这样活着，或在某幢楼某个窗内

黄昏过后掌灯
或像此时归家在街上
一阵风一样穿过嫩江路

时间古道热肠

三十年前没这条路
三十年前这地一定有只寄居蟹
在远古而来的泥土上生活
几多薄田几多家园
都属尘埃,都要
皈依时间

嫩江路也是时间馈赠的
街上那些草木鸟雀,那些
行人车流,店铺物品
都是
都是古道热肠的时间
让它们走一趟人世

店门口读书的孩子

就着店铺漏出的光
新虞山人的孩子,店主的孩子
正在读书,读书,读书
夜的嫩江路保持着沉默
我在一个角落看见
看见一只苹果
从店门口滚落出来
它滚动的样子
像我幼时顽皮的儿子
人与人,人与物
有时就是这么相像

一片叶子飘上我的肩膀

壮实的行道树一定认出了我
用一阵"沙沙沙"的声音向我招呼
一片叶子飘上我的肩膀
像小时候父亲拍着我肩膀一样
这是一位慈父无言的关照
虽然他早已成了一段黑白记忆

抬头看
行道树旁边居民楼的第四层
父亲没有到过
那个窗户,正是我新家的书房

安静尾随喧哗而来

几个人说着话跑过一辆汽车
车子无声，车子停在路边
喧哗声也跑过汽车
安静就尾随而来
安静也暂时停在路边
我感觉到它们在尘世里较劲
旁若无人，互相对望
又互相赞美
尽职或者退让

我与嫩江路边的汽车
在它们面前
只是看客

嫩江路上没有"江"

这条路像巨大的酵母
从成形开始就能预见它的未来
无数住户，各色商家与机构
无数车辆，与各种市民生活形态
形成小城住户最多的新社区
一些市井新闻，让人瞩目

尘世里的幸福在路的两旁
不断发酵
并如江水一般漫溢
遗憾的是，嫩江路上没有"江"

一碗拉面的乡愁

拉面店开在路口
街道上，时而奔过白的黑的车辆
会让店主想起家乡村口的羊群
清脆的叫声打破宁静
唤醒陌生或熟悉的面孔
"来一碗拉面！"
拉面的甩打声里是否会猝遇乡音
我猜不透，但我知道
隔着千山万水呢

树荫下
每端一碗拉面，就端出一次
店主割不断的乡愁

药房里的女人

"花开着开着就谢了!"
穿白大褂的女人三十多岁
手脚利索,为一个孩子量体温
洁白透明的笑容让人亲近
"别老是给自己心理找阴影,
要开心……"

孩子的母亲与她年龄相仿
美丽得有些苍白
她们齐齐转头看向门口行人
恰好我又听到了一句——

"花虽短,但活得美丽!"

一朵花

过红绿灯,向东
嫩江路向我伸出温暖的手
我轻轻呼吸着尘世
想象时间正在道路的体内溜过

此时,她默默地闯进我的视线——
在路侧白色栅栏内的花枝上
眼神温柔,仿佛一朵
触手可及的云

回眸的瞬间,这云朵就开了
而我的家,就在前面

麻　雀

狂风刚停，这小东西就来了
仿佛一位老友
站在窗沿上，向着窗内打几声招呼
样子很疲惫

我瞅着小东西，心生怜念
模仿着"啾啾"几声
它仄着身体转下脑袋，认真地听

"咯噔咯噔"，突然
我的心急跳几下——
我也是，刚从狂风里逃回家来的

王平的兰花

车子穿过嫩江路
向东,向东
叫"宋梅"的兰花即将随我
到达新家,无论愿意与否
经过兰苑主人王平的精心培育
它即将成为我的"宠妃"
在生锈的尘世
展示纯洁或者高尚
我预见今晚我一定会梦见
会稽山那个姓宋的汉子
踏着清朝的气息
来会见我
交代"宋梅"的身世

面对兰花,我感到自己的魂
有了幽幽清香

不要遗忘

撕开一条路的历史口子
会让人恍惚、惊奇
或喜或痛
那么一条河流呢?

嫩江路的东端顶在一条河流的腰上
那条河流叫福山塘
撕开河流的历史口子,我们就看见
福山塘两岸修竹成林
看见传说中戚继光与本地乡民
在明代如何"削竹抗倭"
看见1937年底的日寇,让福山塘水
血尸遍布

不要遗忘。一条路幸福的日子里
路那边一条河流永久的痛

雨　象

多次见到路的上空诡异现象
千米上空的沉默，云层与云层
没有珠穆朗玛峰的高度
它们向下压，翻滚，冲撞
然后互相搏击，然后
撒出武器——水滴

一滴水里也有刀锋。我想
一滴，两滴，三滴……滴滴闪亮
这些高处扑下的刀锋
向着大地上的人群，敲打
尘霾
拷问每一颗良心

在哪，自由纯净的心灵

香樟树和它的影子

香樟树,站在嫩江路边
高大的影子,斜斜躺在马路上

风微微吹。树叶微微晃
天空的神韵流过枝间

树的影子继续卧睡。此时马路
是它的床榻,它是主人

但天空知道,影子的主人是香樟树
而香樟树,谁是它真正的主人

"燕燕于飞"

那天晨光里,马路边有门扉开启
一女子的叮咛话语
与男人身影一起,淹没于
街上的人流车流

女子的惆怅模样
让我莫名想起这样的句子:
"燕燕于飞,差池其羽。"
世上有多少人在演绎相仿的故事

此时有风。不是《诗经》里吹来的
抬头看
太阳依旧,天空依旧

月光下的街道睡着了

月光下,风睡着了
尘埃一沾地,也睡着了
小虫子在路边的草圃里
偶尔发出几声轻鼾

消夜的门店已经关上
熄火的土炉在门口打盹
街道上的一切,都在梦乡

唯有月亮睁着眼,看见——
一个流浪汉靠着土炉鼾睡
哈喇子流到了衣襟上

午夜,雷雨下的尘埃

雷声滚过嫩江路
路上空无一人
所有的尘埃都伏在最低处
任凭大大的雨滴
敲打它们弱小的心脏
而闪亮的电光
照澈它们无助的眼神

正是午夜
黑夜抚摸黑夜的腰身
散发出雷声的气息
雨大师狂野地走过嫩江路
让梦中的尘埃无处藏身
而一些有关尘埃的其他目的
此时不可告人

雨夜孤灯
——与马永波、元正等同题

陷入大地的黑
随雨水一起深入泥土
互相进入心脏
逝去的时间分分潮湿
敲击一只虫子的哀怨目光
它正在一处农家墙角
仰望头顶窗缝漏出的光亮
午夜的黑暗与潮湿无处不在
它无处躲避
那盏橘黄的光划亮它的希望

雨季与发霉的日子双双来临
只是黑夜里的光属于谁
是不是宿命无从知晓
日子艰难

虫子只希望雨夜孤灯
成为它生命中黎明前的曙光

早晨七点的清洁工

早晨七点,小区的草地上
残留着夜晚离别的泪水
清洁工在草地上弯腰
捡拾一些纸屑
阳光伸出手来,轻抚她的肩

我从公寓楼走向停车坪
路过清洁工,看见她的侧影
像极了我的母亲
那些夜晚的泪水,沾湿她的双手
她全然不顾,神情专注

此时我很想停下来与她寒暄一下
可我终究没有
——请保持她内心的姿势
不要用我的诚实去欺骗另一种诚实

光；午夜

光是月亮发出来的
在午夜，照着一个醉汉
跌跌撞撞走路
月光也赤着脚，借着春夜
抚摸一条梦着的道路

我也在梦中。我听到
道路低低呜咽
月光提着大海的骨头
醉汉踩着夜的魂魄
它们轻蔑地穿过我的身体

月亮沉默。空气静止
一匹蚂蚁正爬过硕大的嫩江路

马 路

一双大脚引着另一双小脚
走上春天的嫩江路
几株紫荆花
招展在路中央的花坛

马路是熟悉脚步的
而脚步走不进马路的孤单心思
它永远躺在那里
任人践踏

紫荆花是马路表面的快乐
它想为马路说话
可很快,它的想法失色凋零
仿佛大脚与小脚的消失

我知道,脚步的轻快移动

与马路的无边寂寞
无法比拟,无法
相提并论

与汪慧慧老师聊天

整个下午,她用话语描摹自己
职业的变化曲线,如十里虞山
蜿蜒多姿且充满希望
山上有树木,有鸟雀,有淙淙溪流
有阳光下的庙宇,及黄墙边的阴影

她来自湖州。梦想与爱情
事业与生存,像蒲公英
飘到虞城。忙碌
占据她生活的大部空间
让孩子们,享受美育与画画的乐趣

小汪老师与她的团队
在数百个孩子的王国里
演绎并丰富着人生的意义
家长与孩子成为她的"粉丝"

不,她才是孩子们的忠实"粉丝"

我们聊了很长时间
最后,小汪老师邀我
"去看看那些小蒲公英?"
"你当过教师,孩子们会喜欢你的。"
我怦然心动:"为了孩子,我去试试。"

这个黄昏

太阳即将下山。这个黄昏
风锈住了,我的目光也锈住了
只是还没蚀。或许那些
行人中的某个人
也还没锈蚀。他们一个个归家

我也在归家。树静静地在路边思考
脚下的道路一言不发
有时,感觉整个小城一下静默
仿佛陷入沉思
城市一定像我一样很累

这个黄昏,太阳下山很慢
仿佛在挣脱锈蚀的风。我呢
双脚也锈了吗?这条熟悉的
嫩江路,怎么
走了好长时间还不到家

嫩江路，阴天

夜幕垂下来。一些光线
在街道的两边眨着诡异的眼

白昼苍白无力。尘世的门内
各种秘密触目惊心

泄露给黑夜的，是无边的落寞
阴沉着脸合上又打开

仿佛单身的中年男子，这条路
缺失了优雅，陷入阴沉的爱情

站在嫩江路边，看天色凝重
一场大雨，正从远方赶来

五 月

五月的身体有刺，如少女
蔷薇别上了衣襟

漫过槐花的白，鸟雀
鸣啾草径上的雪鸣

五月的日子，意象无穷
靓色日渐丰满

浸染桃李芬芳，梦想
描绘枝头上的果实

五月的栅栏，爱情开始斑斓
开始"石头，剪子，布！"

寺庙旁飞来的几只白鸽

这是几粒磬音
从虞山胸腔里羽化成的
几只白鸽。夏荷在不远处打坐
漂泊的时间,让它们
停在嫩江路的高处
一些"咕咕",一些隐喻

我想,它们从寺庙旁飞来
白色的羽翼
沾有黄墙的气息,它们的背景
是巨大的天空;而虞山的神性
让每一声咕叫
都有一座庙宇的影子

此时临近黄昏,那几只白鸽
在我视线的高处
很是醒目

第三辑　鸟鸣

想月亮

要赶在月光看到我之前
让我想你
让一些香气无处可逃

蛐蛐在桂树下用力叫唤
叫声砸我
砸在我的脚板上

弄堂尽头有一只水杯打翻
窗户里的灯光熄灭
月亮磨磨蹭蹭

我看见头顶上的云扯着花布
遮住一双亮亮的眼睛
可我不能不想你

月亮你今晚什么时候出来
一颗星星从天空滑过
我想你，一定会想疯了心

小　雪

立冬哥哥的背影刚刚消失
几叶菊影也随风而逝
有稚气的嗓音,轻唤东篱梅邻
耐心等待姐姐,在一地白银中相会

曾有十九位兄弟姐妹
在季节的舞台上一一亮相
气寒一报幕,朴素的小雪妹妹
依约露出恬静白皙的脸

此时,有人糊窗有人贮冬粮
有人在书窗下,弹一曲《紫竹调》
而江南的唇上,沾着软糯的糍粑香
亲一口,会让小雪妹妹羞成大雪的模样

冬　雾

大地呼吸滞涩时，让你
面目朦胧

远处有轻咳。一滴水悬浮
不知来路，或轻
抑或重。三日方好

江南的俗谣矮了
祖先们，来了又去了
披着白发，茫然
不知所措

快看哪，远处有梦的影子
湿的心正在祭奠。至三更
你轻轻一动
冬的魂魄便披上面纱

三晨，要三晨后，方可
见你西来的新娘

探 春

春风很轻,从遥远的季节深处
吹过来
吹到哪,哪就长出绿色

你走进一片林地,看见
一些枝桠
眉目含情,被风轻轻抚摸

有一粒鸟鸣挂住了树梢
跳跃几下
比草尖上的水珠更动人

光线晃在林间
也晃进你温柔的眼眸
让一首唐诗,鲜活起来

鸟　鸣

秋分之后
目睹一只鸟在山坡上
与一朵菊花谈心
让它与一株野草结成亲家

声声急切
鸟以自己的经历
融化一些疑惑与担忧
布撒下归雁长长的希望

我看见鸣啾下面是温润的故乡
是一拨又一拨金色的麦浪
我的目光
长出了一对银色翅膀

秋 色

被描绘得太多了,湖水
面对秋色
厌倦了那些无病的呻吟
风是有根的,秋色也是有根的
云朵变幻,它的形态
也长着季节的根

此刻我在虞山尚湖,几只鸥鸟
在秋水上空盘旋鸣叫
它们飞行的轨迹,是从时间
抽出来的灵魂之绳
每一截
都是一段浓浓的秋色

天　空

沉默在云的头顶
辽阔了一朵云
云朵在树梢歇脚

云朵是自由的。在天空
树却不能
树的根在大地

树心也是辽阔的
云朵不能
它无心无根

蜻蜓呢？一只红蜻蜓
在树枝下，仰望
云朵，及更高的天空

黄 梅

说到黄梅,雨水就开始发愁
这个季节阳光发霉
荞麦花的色泽不再鲜亮
有亲人
消失在远方的山坡上

野百合的孤独
弥漫在夜晚的黑幕里
一种情绪伴随病痛
在时间的缝隙里沉重喘息
你说荞麦
正在长出忧伤

而阳光的心跳
近在眼前,远在天边

三只蚂蚁

午后,风在安静地休息
阳光被一片云掩住了脸庞
蔷薇在路旁的栅栏上
静悄悄地注视
一大二小三只蚂蚁爬上路面
大的似乎受伤了
动作缓慢
两只小的跟着,很敏捷
爬出去又转回来
如此反复,不离大蚁
道路很安静
三只蚂蚁仿佛母子三人
结伴归巢

路旁突然蹿出一辆摩托
疾速驰过

三只蚂蚁躲闪不及
风、阳光、云朵与蔷薇
全都失了脸色
道路发出长长的尖叫

仅仅数秒,一切复归安静
三只蚂蚁不知去向

午后，听听阳光

阳光倾侧着身体
慵懒地照着

你坐在草地上
身旁摊着本童话
空气很静

风赴约去了
不见影子

阳光抚摸大地
它喃喃絮语：
地球的背面是否经受着寒冷

午后，听听阳光
你想起了几个词——
幸福，和平，与战争

两只苍蝇

墙壁上有两只苍蝇
头顶着头
掐住一摊污迹

污迹何时上墙
有多少苍蝇为它而来
只有墙壁知道

此时,两只苍蝇
一个怒目,一个踢腿
起飞时突然相撞一下

污迹与墙壁都很安静
它们再次见证了
小酒馆里这一无人注意的细节

沉　默

如每一块古朴的砖
都装进了历史的闪电
始终隐忍不发

它们都若隐士
对大地上的凡俗世事
冷眼旁观

只待一声春雷

秋　雨

1

仄着身体扑向大地
义无反顾的样子，让人感到
秋雨内心的坚定

它们让一些事物撤退
另一些事物
在秋的旗帜下集合

2

秋雨释放潮湿的情感
滋润季节的意象

每到这样的日子
你会听到——
每一滴雨都是自然的训诫
都是秋的梵音

3

一些久藏内心的魔念
会在某个秋雨之夜释放出来

比如桌子上的那瓶泸州老窖
在今晚
将那年秋天沱江边的离别
醉成一朵
语言之花

雪 花

当季节在某个冬晚侧身时
天空就垂下眼眉
云层低沉，一些童话的白色羽毛
下降；让某些野性
暂时得到平静
让大片的土地喜欢，又忧伤

在这个深夜目睹大片大片的雪
敲打房间的窗玻璃
空气沉寂，万物暗梦
童话的口袋里装着沉睡的兔子
以及去向不明的狐狸、大灰狼和狗熊

一切都还在沉睡。趁着
魔咒的盒子
还没打开，我祈祷

白色的雪纷纷覆盖
道路、树木、村庄和土地的阴影
让失踪多年的大雪
成为早春的羽翅
让我故乡来年的枝头
飘满麦香

下雪了

一次浪漫，让天空
与大地的女儿，诞生在冬的床上

寒风的阳谋，让晶莹剔透的
雪人儿，感动整个江南

感动早春的音讯，让空气中的
霾尘自惭形秽，遁入"空门"

为迎接雪丫头，同为寒门出身的蜡梅
此时，正在枝头静悄悄地绽放

无 题

一片枯叶在寒风中横穿马路
像巨大的被子
盖上你黑小的身体
而阳光
正在宽阔的马路对面睡午觉

你在那高耸的楼影里彷徨不已
旁边有具同样是黑小的躯体
——已了无生命的迹象
那是被一只大脚无意踩踏的结局
无意的！对
那只路过的大脚仅仅如此

我蹲下身子揭掉枯叶
看到你慌慌地绕着,可是
我无法看到你内心的惨象

那是你的爱侣吗?
你一定知道,一片枯叶
就能遮住你俩生命的全部

你是一只小小的蚂蚁
这个世界没人注意到你的存在
以及你生活的一切
就连阳光,有时也躲得远远的

但我知道,在这个世界
巨大的我们
一不小心,也会
将自己活成你的模样

一 月

随着雪花一起踏进新年的天空
洁白,寂静
身前身后流动着无法描述的
旧年情绪
恍如在空中飞
底下是皑皑雪原无边无际

我沉默。你看
夜空中
飘飞着来自千米高空的白色忧伤

这个秋天

这个秋天想念一个人
想念她种在花盆里的午时花
开在夏季的明媚花朵
让暑热慢慢老去
在秋天来临之前,让它
美丽我的心情

美丽我笔下的每一页纸
每一个词语
迎着笑脸而开,一个水一样的
女子。当她像午时花一样
走出我的视线
想念就开始,长出了尾巴

立冬帖

一些羽毛从灰色的天空飘下来
闪亮在季节的气息里
从城北枫林路到城南总马桥
数一数有多少人
在逃离一场雨的纠缠

现在,你可以停下来
在屋檐下,思考这场雨
和季节中的江南有什么关系;或者
城外乡野间一只小虫的蜕变
是否渴望
季节深处长出农事的温暖

这些羽毛一定是云层内心的孤独
城市的醉生梦死,让季节的
叶子一片片掉落。你抬头看天

阳光暂时打烊
夜晚开启收藏黑色财富的大门

你在檐下，看见
一页日历抖擞一下冬衣
整个江南就轻轻咳嗽
而你却突然怀想
孩提时代的草窠与摇篮曲

三米之外

突然看见你满目含泪
那泪水模糊的样子
像昨天早晨的大雾,让人
手足无措

一片枫叶飘上你的肩头
红得那么残忍
原谅我
我的目光温暖不了你

我站在路旁一处枝头
在你的三米之外
你看不到我。为你的情绪
我只能伤心地离开

你不知道我的存在
我是一只无足轻重的鸟雀

第四辑　遇见

落 叶

"我正在往下飘
你看见我飞行的轨迹了吗?"

叶子从最高的树枝跳下
舞动着,西风凉
有人给它加了一个姓——落
它一定在喃喃自语——
"我成了一片落叶。"

叶落的轨迹是一条生命线
梦一样弯弯曲曲
短暂又漫长
它眺望着树梢上江南的天空

落地之前,轨迹打了个结
叶子轻轻地惊叫
这落叶声,一定带着江南的口音

遇 见

隐居在墙角边的一株梅
眺望着院中几棵高大的树
它们很古老
我决定,做梅旁的一株小草
伴梅,眺望,豢养天空

有月光的时候,将我的梦想
寄托在梅的身上
红豆树是我的榜样,记忆
婆娑,斑驳。一如小城的历史
在体内被微风摇晃着感动

看藏书楼里,衣着光鲜的人
来来往往。古树沉默不语
梅也不语,小草也不语
而一些鸟雀叽叽喳喳
书香的良心,正被一些人深情着遗忘

柳如是

看到你时,我无法言语
明末清初的风雨
早已沉淀在你的身底下,而
一些青楼流言
依然奢侈地涂在泛黄的纸上

我在你的坟头静默
绛云楼的绝句
飘浮在空气的尘埃里
红豆山庄的故事
隐没在岁月的皱褶里

我的诗无法写尽你的身世
与才情,你只是一个弱女子
那些浮世冷暖
那些人性善恶
演绎的快乐和冤屈,谁能说清

三月,遇见吴市
——与虞山诗社诸诗友寻访吴市老街

春的倩影在长江边上
随着晨光散落时
我们放弃四个轮子的热情挽留
进入一条充满世纪特色的老街
旧时江南的天空
就在我们的眼眸里惊喜起来

"亭林百货"的招牌
在头顶凝视着不速之客
"东风饭店"的大门
敞开着任人出入
只是对街小理发店的师傅
不知去了哪里
吴侬软语的乡民,悠闲地走过我们身旁
那些木质结构小楼与水泥钢筋的建筑

在街道两旁错落而坐
过往的气息与当下的印记
在我们的呼吸与视线中
默默地吐纳

三月，遇见吴市
就遇见了生命中又一个美丽截面

三湾村

三湾村，在谁的手指导引下
开在春天里

阳光将喧嚣挡在长江的岸堤上
挡在不远处的苏通大桥
留给一群不速之客的
是金黄的菜花
小憩的水鸭，和
宁静的池塘与青瓦白墙

在三湾村旁的寺院边
几位吴姓老人与小孩，悠闲地
走进一幅乡村水墨画

江边老街的女孩
——兼赠陆雁

在江边老街,与旧房子说话
一些词语惊醒另一些
遥远的记忆,和旧梦
比如脚踏缝纫机的声音
与剃头师傅的轧剪声
互有回响
有孩子车铁环过街,撞着了
骑自行车的长发女孩

旧房子装着无数的故事
岁月的目光深处,长发女孩
成了另一个小女孩的妈妈
她的每一根青丝,及其影子
都是一首生活的诗

长江在老街的东边,与时光
一起默默流过
有旧房子的故乡
是女孩发际上的缕缕青丝
<u>丝丝</u>入心,又<u>丝丝</u>飞扬

在老街

童年光阴的记忆
在街道的青石板上弥漫开来时
我正走在老街。几句吴语吆喝
让长进眼眸的一些事物
唤醒另外一些故事
唤醒故事里江南特有的喜乐伤悲

路过的黑漆大门半敞着,传出墨香
不远处的酒幌,招呼着远来的风
身后铁匠铺的"叮当"声
温暖着我,也温暖着那条弄堂
温暖着那群
远道而来的文人墨客

一朵梅花

一朵梅花在江南的枝头
旁若无人
展示它记忆中的鲜亮故事
行走的风带走了它曾经的萧瑟
曾经的雪打江南,雪打江南
曾经檐下枝头的瘦
月色的瘦啊
都藏在枝头鲜亮的故事里面
那些色彩向我的眼眸撞将过来
撞将过来
"疼吗?"仿佛是河东君的容颜
随一片花瓣掉落

2018年3月,在虞山脚下
在尚湖边
春天的一朵梅
让我看见了江南旧时光的幽深

一只小鸟耳鸣了

我缓缓走上西城楼阁
西城楼阁的台阶很是斑驳

楼阁城门下的马路,披着阳光余晖
与不远处的水湾打着招呼

一些微风倾侧着身体,让行
一辆"轰隆"着穿过城门的大型卡车

终于坐上楼阁垛口,那夕阳
与远处的云朵和山坡,一起凝视

我不知道这些意味着什么
数百年来是否有过同样的人与景

和平,战争,再和平,轮回着……

"啾——"有只小鸟惊飞而起

扰乱我思绪的,并非幸福的叫声
这小鸟,难道也耳鸣了?

与石梅的孩子谈写作

去石梅小学文学社上课
需要一些成人勇气,展示自己
让孩子们的目光继续清澈
而复杂的思维,呈发散状
收拢时会引起会心的笑

写作的笔停下来时
讨论一下需要补充的营养
营养来自书籍和生活中的思考
这时,一些意象在意境中跃跃欲试
撞击孩子们聪慧敏感的心

有时我让他们自己聊体会
比如有个孩子说起她如何
读顾鹰的童话故事
她突然伸出手来说,想捉住
自己体内正在飞起的一只蓝鸟

白纸黑字

让一些往事从生活的枝头
皈依。仿佛
桃花一瓣瓣落到地上然后腐烂
被风吹散一点吹歪一点
无所谓吗
这些意外这些插曲
假如缺失了白纸黑字的记录
谁也不会注意到任何细节
——包括快乐的忧伤的麻木的故事
就像你忘记了一只鸟儿冲着你叫
彼时你肩头落满了白色的花
你们曾相爱过几秒钟

白纸黑字白纸黑字
落下来的才是你儿子的儿子的儿子
能读到的

无论值得炫耀,或者不堪回首的
你的历历往事

夜读《黄公望传》

书页缓缓地溜过手指尖
时间的光线,打开一行行文字与插图
打开一扇通往元代的大门——
平阳黄氏螟蛉之子
那位半痴半醉的隐士
身怀绝技。他常在故乡虞山
在湖桥下的船上,抱坛大醉
看月光下的湖山影子
听船下流水中,诸多空酒坛
撞在夜色中"叮当"的声响
忆及坎坷身世,总会一声长叹
我依稀看见,赵孟頫在月色中隐去
有一众画客,正在指点江南的河山
而这位常熟人,迷恋湖光山色
将所见之处,画成《山居图》的长卷
成就一段曲折悲壮数百年的
——谜一般的画坛奇史

第五辑　知止

适　止

一些话语一说出口
就泼水难收
就预示着一些生命的疤
必成为经历中的断章
危险的痕迹
危险的推心置腹
比粮食的缺乏
更致命

遇到一些不确定的因素
或者人，或者世事
守住底线
譬如我父亲，
咽不下的冤屈，颠倒的语言
及拜把子兄弟的极端与诬陷
这俗世的善良与恶毒

全藏在人的内心

所以,在会生锈的语言交往里
父亲说《论语》有诫:适止

知　止

夏天在大片的树叶面前
徐徐开启时
让人想起另一个季节
想起这些叶子在枝头上的变化

光线在树叶间，流过去
又流回来。风一般来回穿梭
无数的绿叶，密密匝匝
季节的色泽也从浅至深

叶子们安静地活着。任阳光月光
任风雨雷电，抑或任行人及虫鸟掠过
"石头亦有活路，飞鹰亦有死路"
是否"知止"，万物自然各有定数

就像此时，一片蔫态的树叶
从夏日的枝头飘然而下

白露夜

夜晚来临，一棵桂树
努力清理最后一叶暑气
它不知蒹葭，不祭禹王——
那是芸芸众生的水路菩萨
它只想米黄色的香，能熟透一个满月

众生应该做些什么
清茶，米酒，龙眼，番薯，沙参……
也有人煨乌骨白毛鸡，茶酒佐菜
小区里有个男人在桂树下张望
几只鸟呼啦啦飞起，消失在黑暗中

谁收了这个夜晚的烦躁
跪拜慈悲的佛
夜不语，有风在北方来的路上
桂树的头上飘过一小片云

也不语。夜至最深时
会有泪珠从夜的内心轻轻滴落

一粒尘埃

轻微到可以忽略不计
在尘世中或飘忽或静静地
伏于微隅

同所有的尘埃一样
前世今生
或阳光灿烂或阴霾沉重
那些异象万千的经历
那些生命或生命的依附物
都脱离不了一样的归宿

时间是一条永恒的河流
"它的血与肉,是无数的尘埃。"
那些尘埃在俗世里的天堂
就是时间的深渊

瞧，你是否看见一粒尘埃的主题
无论爱恨情仇
都在时间的深渊里
静悄悄地消失

一滴水

当它逃离了群体，就如
从时间的花园里抽身

水的群体有没有先知，我不知道
但它们有时汹涌，有时浑浑噩噩

一滴水无激荡澎湃，也不邪恶如洪
它的快乐或痛苦如一豆火苗

只有时间知道它来过，也会干涸
时间是先知。时间也会滴水

冬雨的檐下

雨从云层背后
一露脸,天空就变了脸色
你看,在冬檐下
隔着一臂的距离
便听到,错落有致的雨
窃窃私语

干涸的土地咧着嘴承欢
大地上的事物
冬眠,或者酝酿诗句
梅在某个庭院里暗暗盼着下雪
气候顺着时间走廊
走过一节又一节

冬雨的檐下,有一些命运
打开了诱惑

向着远处的春天遥遥招手
十分致命

放 牧

从《人间词话》里抬起头
仿佛看见王国维
在书桌上写下一个大字:"境"
此后,他掷下大笔骑上一匹白云
遁"境"而去
这让我想到词话中的八个字
"入乎其内""出乎其外"

某夜开卷读书
有一刻,我感到自己是某个字词
或者标点
被放牧在《人间词话》中
有一位爱书女子的目光
正是那位牧童
将我放牧在语言的田园

阳 光

黑夜的兄弟
到达的地方也充满了阴暗

犹如一列火车进站
上车,下车

盗贼们混迹其中
衣装鲜亮,红光满面

名 字

如时间的外套上落下一粒尘屑
你在这个世界的某个地方产生或者消失

开始或定格你背后拥有的鲜活信息
那些性别、身份、住址等各色标签

像一阵风吹过广袤大地,最后能留下
多少痕迹,成为时间里的琐碎轶事

有名无名并不重要,名字只是肉体的马甲
一个符号里藏着做"人"两笔——撇和捺

此 际

檐下一只麻雀惊悸而飞
檐后冬色向晚,脚步零乱

你的最后一缕隐秘的气息
向窗外,游丝一般潇洒逸去

你的魂,回望一眼围在床前的家人
他们涕泪横流,喉咙哽咽

本命之年,不孝魂幡随风乱舞
此际,你终如一只鸟,脱世逃遁

憔 悴

遥看一颗星星，在虞山头顶
在宽广无垠的夜床上
宽衣解带，她的姿势
让你窗外的木樨花再次飘香

月亮在远处，幽幽地
被一层薄纱覆盖
穿过薄云的目光是一个梦
日渐消瘦

此时，山路上传来一声惊啾
轻敲秋籁
轻敲你窗内一帧影框中的远人
几粒米黄色小花，无声落地

——远人正在北非
是中国驻某国维和营地的年轻军人

祖 母

她在祖屋小院中伫立过
静静地。坎坷的经历
一如龟背形的庭院
布满久年的苔藓
每一缕白发在晨光中泛着银色
光阴悉数在她的额头一一展示
她迈一步颤颤的小脚，曾祖父与祖父
就一先一后从她的眼影中浮出
并渐渐远去。

祖母在"蟹眼天井"的角落听见
我父亲幼时无助的低泣
及成年后多次劫难的哽咽
她无奈，她始终沉默
她也从不怨天恨地

年迈的祖母皮肤白皙,牙齿尽落
对探望她的孙辈慈容满面
告诫我们好好做人

我写下这些文字时
祖母在墙上的镜框里
凝视世界

影子及其他

风随着一片叶子奔跑
影子默不作声。月光下
如他的烟斗,移动着忧郁的心事

他拖着疲惫的身体,迟疑
踉跄地与风擦肩而过
而那片叶子敲了一下细长的影子

他跌入一个门洞
被黑暗吞噬。影子逝去
空气中留下一缕烟斗的痕迹

牙 疼

被一场疼痛劫持时
上帝在我书桌上的《圣经》中说"阿门"

想起那些冰冷的镊子与钳子
一定在医院的诊疗室里蠢蠢欲动

此时我不能做主躯体的王国
痛楚肆意地敲击脑门的神经末端

墙角的一瓶美酒在冷笑：你
对牙齿欠下的债，终将由疼痛加倍偿还

朽 木

一截朽木,在博物馆中
任无数目光欣赏

一些遥远年代的气息
在封闭的玻璃柜内,左冲右突

朽木不是宰予,玻璃柜
不能是孔子的课堂

"朽木昼寝",在博物馆内外
划出一条看不见的历史痕迹

暴雨前的乌云

它的体内阵阵痛楚
如你常年在外
栉风沐雨
积下的劳累病根
需要一次淋漓的手术

气流很沉
光线很暗
我看见
风张开大嘴，大口大口
喘气

一朵乌云后面，紧跟着
大片大片的乌云
天黑下来
水箭的锋利遍布云朵，大地
将在万箭钻心之后，脱颖重生

十一月三日

微信群里跳跃着红包
一个,二个,三个,红色的诱惑
让各色的头像扑腾着长出了翅膀
像一只只鸟衔走一些面包屑
衔一次欢呼一次雀跃一次

我仿佛是一只莫名的鸟
贴着微信的墙脚注视这个群
群在秋色里载歌载舞
就像微波荡漾的池塘水面
底下却是让人触目惊心

不,甚或是撕心裂肺
我的父辈从没听说过微信
他们的光阴,部分与我重叠
那些岁月,也有过微信群一样的狂热
群散的某个日子,会否留下永久的痛?

十月初九夜,雨

云朵的泪滴从黑暗中扑下来
让一些事物措手不及
我看见夜色的羽毛
在初冬的床头湿润并闪闪发亮

秋的天使走向远处
留下一些金黄的色彩需要收藏
而一场猝不及防的雨
考验人们的智慧

我有时莫名喜欢这样的夜晚
那些淅淅沥沥的声响
是季节抑制不住的笑声转换和制约
是因了人间的各种故事

这样的夜晚,我重读雨果《九三年》

书中人物或喜或悲。维达真理说
"公民之间的自由也是相互制约的。"
这一句话中隐隐透出血色

第六辑　琐记

虞城琐记（五则）

1

在虞城，每一缕空气都是温润的
有人装出硬朗的姿态
那是与紧张有了瓜葛
或者战争，或者与黑暗有了纠纷
气息长在骨头与血液里
哪怕是一个街头无赖

2

同治年间，南门药房
当街宰杀东北活鹿
制特效药，秘制膏方
东北来的师傅手起刀落

血溅街砖时

惊疯了一路过的混混

"杀人啦！杀人啦！"

3

每一块古朴的砖

都装进了闪电

隐忍不发

闪电有时候也如隐士一般

对大地上的凡尘俗事不闻不问

4

西城厢菜圃旁有一山房

多年无人居住

某日夜突现灯光人影读书声

隔日，年轻菜农好奇探访

一无所获，只是

门楣上无端多了一块旧匾额

上书：躞云山房

菜农仰头看天，一枚云朵飘过

数年后，菜农成为书生

数十年数百年后，小城多了一个地名

——"读书里"

5

北门一季姓屠户人缘极好
但凡读书人赊账
绝无二话

是日一外来书生很怪
拎走猪肉，却把随身书卷押上
说三日后来赎回
屠夫识字，看到书上有"仲"姓字样
大嚷："自家人自家人
我的祖先叫'季简'
死后也葬虞山上。"①

---

① "仲"即仲雍，周代吴国第二位君主，其兄为太伯，弟为季历（周文王姬昌之父）。周太王欲传位于季历，仲雍和太伯主动避让，迁居到吴地，并创建吴国。仲雍死后其子季简继位。

集贤村

向南十里,有集贤村
有聚贤河,流经聚贤桥
传说过桥往北读书的人
久不归家,归来便成圣贤

于是,有了几道牌坊
让十里以外的乡佬
沾到圣人的荣光

百年之后,大地变貌
十里拆迁建园区
集贤村名给了区外沾光的乡佬
聚贤桥周围片瓦无存

有迁居的村民
怀念旧事
在新居中供奉"集贤圣人"

在中医院寻找一个身影

那年早晨北门大街与你偶遇
你忙完手术匆匆走出中医院大门
衣服都未及换。像一朵白云
飘进春天的大街,撞了我一个满怀——
只因家里有个无人照料的孩子

站在大街边上,你晕白的脸
满是歉意。隐隐的药味
让人想起一些莫名的缘由
我知道,此时
你的两只眼睛正长出两只翅膀
一只是飞往家里的爱
一只是留在我面前的歉意

其实,一声诚挚的
道歉,足以击中我内心的柔软

可我在语言的词库里失聪
只是一个手势
便让洁白的翅膀从我面前飞走

若干年后的某日
在黄河路，在新区中医院
我蓦然想起当年的事，并突生奇念
从那些来往忙碌的白衣天使中
寻觅那个曾经的身影

虽然事过，虽然境迁
虽然岁月痕迹会让你发生变化
但我的意念中，你还是那朵白云
一朵蓝天上纯净美丽的云彩

在一个书院喝茶

门额上藏着的名字，风怎么吹
它都不会告诉你
那铺开的宣纸和笔
写下书院的名字

在书院，你坐在一间屋子的窗口
不怎么说话
墨味依然醇厚。空气很瘦
很恍惚

隔桌有人谈论诗歌
也谈书院前世今生
谈大好河山里的风花雪月
你莫名伤感

一缕清风

知道你的寂寞
却不知道，书院里
藏有多少历史的秘密

凤凰山

每座山都有它的遗传基因
那些树林草丛，在它们中间
或飞翔或歇息的鸟儿
那些岩石泥土，在它们之上
或穿梭或觅食的野生动物
都有自己的前世今生
是凤，是凰
各有自己的气息和轮回的缘分

此刻我在山间，想找一朵
失散多年的野花
却听见一群鸟，不说鸟语
仿佛它们
有着人类的高贵和思想

而我发觉自己却说了句鸟语

惊愕间，有翅膀飞翔

有花语传来——

"你就是一只很小很小的鸟儿！"

行宫里的尘埃

在一座行宫的大门外
光阴弥漫开来
我目睹"溥仪行宫"几个大字
历史的烟云,让一些事物
唤醒另外一些事物
唤醒故事里皇朝的起起落落
和一个国家的喜乐伤悲

行宫的大门半敞着
游人鱼贯入内
身后不远处的布幌
招呼着远来的风
行宫屋顶传来一阵"叮当"声
复杂着我的听觉,也复杂着我的脚步
而一声招呼,让我温暖
那是凤城在喊我的名字

如一粒尘埃
呼唤尘埃里的另一粒

在湖东社区,被一个词语温暖

说起一个词语的时候
昆承湖的风也有了表情
湖光的记忆照耀着我的心情
那些在社区花树下享受周末的外乡人
把奋斗的快乐传染给我。我知道
幢幢的楼宇里有他们温暖的家

鹭鸟在楼宇前的水池上绕风飞翔
夹着不同方言的普通话
交流在社区的谈心室、阅览室、健身房、电脑房
周末的时间属于他们,属于正在街舞的年轻人
也属于这个社区数万的外来务工者
四川的,安徽的,山东的,湖北的……
甚至说着English的

为了这个城市的欣欣向荣

为了高新产业开发区的蒸蒸日上
四面八方的人在湖东定居
他们不是过客,不是参观者
十年磨砺,他们成为这里的主人
他们的汗水在这块热土上落地生根
然后发芽、开花、结果

在湖东社区,湖色可渡
而我的心同样可渡。崭新的湖东
常熟人的昆承湖湖东,我在这里
始终被一个词语温暖
这个词语就是:新常熟人

那些沿江码头上的事物

那些矗立的巨形塔吊
那些来来回回奔忙不停的大卡
那些沉醉于自身轰隆轰隆声的机器

那些一字儿排着的远洋来的巨轮
那些巨轮上装卸不完的货物和花枝招展的彩旗
那些长着各种肤色操着不同语言的水手

那些货场上装了卸卸了装的货
那些木材、钢铁、石油、器材和那些化学原料
那些怎么运都运不完的集装箱

那些熟练地操作着机器的码头工人
那些皮肤黝黑眼睛雪亮的卡车司机
那些在浪花尖尖上飞翔鸣叫的鸥鸟

那些我看到的,就冲我微笑
那些我没有看见的,在暗地里保护着我
保护着沿江码头上的生命

这些沿江码头上的事物啊,它们
不是我生命中最亲密的部分,但同样让我
激动,心疼;甚至自豪

地域文化散发的浓烈诗意
——浦君芝组诗《时光里的气息》赏析

周鹏程

这里没有大山大川,没有望而止步的高峰,这里没有无边的白雪,没有茫茫的森林,只有现代商业的骏马奔腾,时尚都市的潮起潮落,只有江南逐梦者的过往云烟。不过这些在一个冷观者的诗人眼里,同样能散发绵绵不绝的情怀,而且它的地域气息也十分浓烈。

浦君芝的"夜之书"里有一组诗歌《时光里的气息》,我读后,感想很多。实话说几年前我就在关注他的诗歌写作。浦君芝住在江苏常熟,与朋友们一起创办了虞山诗社,编《吴地》诗刊。他的作品在《人民文学》《诗刊》《星星》《中国诗歌》《扬子江诗刊》《诗选刊》《诗歌月刊》《诗林》《诗潮》等很多诗歌专业刊物上登过。在当地是很有名气的诗人。他的很多诗歌都是在写他熟悉和热爱的常熟或者虞山,借助自然风光或者历史名迹抒发自己的内心世界。

一个地域文化的写作者,就是一个地域文化的守候者和推崇者,他不仅向人们展示丰富的文化资源特色,也在向人们倾诉他思想的喜怒伤悲。而诗人是以诗歌的形式奉献于读者的视野。《时光里的气息》这组诗一共有八首诗，八首诗就是八个地域符号，就是诗人的八种具有强大传染力的情怀。

从整体上看，《时光里的气息》有一种让人穿越时空的感觉，在那些破败伤亡的时空里，醉酒的人散发着忧郁的酒气，有红尘才女的伤感，有将军大器未成的惆廖，可是，一切都作古了！在岁月的纸上，有的是墓碑，有的是苦苦支撑的纪念塔！浦君芝通过这组诗把我们带回到尘封的历史里去，去感悟去体验古代才子们的风流倜傥。诗人借古喻今，借远喻近，心灵敏感，激情张扬。在这组诗歌里，诗人所写的每一个人物，每一个典故，每一个现场，几乎都融进去了他自己的气息，这是因为诗人从没有从诗歌的现场离开过。他是想通过这些文化符号传递更强大的信息！

先读第一首诗：

方塔。醉尉街

方塔下的市井，恍若南宋气息

七级塔顶比肩虞山。翘角上的铃铛声
叩穿宋朝以来的时光，久久不散

铃声回首不远处的洗砚池，是否藏进塔影
是否藏进虞山脚下的一些典故

我在醉酒的深夜，路过塔旁的醉尉街
冥冥中有人厉声断喝，似是唐代县尉张旭

我大惊，塔影处那个醉县尉，披肩长发上
　　满蘸浓墨，一路狂书癫喝："还我洗砚池来！"

　　江苏省常熟市，是一座有着深厚文化底蕴的江南古城，在南宋时期，商业发达，市场繁荣。"方塔下的市井，恍若南宋气息。"诗人第一句就全盘托出方塔下的市井，指明了写作意向。方塔与虞山试比高低，醉尉街就在下面静静躺着，承受着历史的重，装载一代才子的万丈豪情。在某一个晚上，诗人醉酒后路过充满传奇色彩的醉尉街，想起了历史典故曾在此生活过的张旭。张旭何许人？

　　诗歌里提到的张旭，是唐代著名书法家，初仕为常熟尉，后官至金吾长史，人称"张长史"，与李白、贺知章等人共列饮中八仙之一。唐文宗曾下诏，以李白诗歌、裴旻剑舞、张旭草书为"三绝"。传世书迹有《肚痛帖》《古诗四帖》等。张旭为人洒脱不羁、豁达大度、卓尔不群、才华横溢、学识渊博。历史上的张旭是一位极有个性的草书大家，因他常喝得大醉，就呼叫狂走，然后落笔成书，甚至以头发蘸墨书写，故又有"张颠"的雅称。

　　诗人使用典故，别出心裁，不平铺直叙，不使用任何形容词，却把一个洒脱不羁，才华横溢的文化名人还原给历史！浦君芝的思维是敏感的，他在轻轻触摸历史的瞬间，会有"啪"的一声，那是感应电，是静电！

　　再看他是如何写唐伯虎和秋香的，这是第二首诗，写唐寅园：

夜梦

某晚在苏州,你路过唐寅园
遇一美女,着素色古装
展开的折扇上写着"秋香"

美女语轻如花,说自己从桃花庵来
要寻一个唐朝来会画画的才子
不是戏里那个调情高手无厘头

美女动情抽噎时,飘过一阵风
有淡淡酒香,又有宣纸墨味
你大惊。美女倏忽不见,眼前是一坟冢

你欲逃,面对江南第一风流才子园
惊惶不已。挣扎间梦醒灯亮
见房间桌上宣纸一幅,上书"六如居士"

  这首诗描绘的是一幅梦中的景象,或许是诗人渴望自己是那个梦里的你,抑或你是一个真实的梦境中的他。在梦里,诗人遇见了唐伯虎,还有秋香,还有被现代电视剧里编进去的种种人物形象,都是对一代才人的深切缅怀。诗歌构思精巧、语言也顺理成章。
  一首好诗贵在有其独特性,意境也好,诗语也好,张力也好,都会有机融入诗歌的文本里,绝不需要矫揉造作,刻意去雕琢。一组好诗则需要所有的独特汇聚成整体的与众不同和统一的震聋发聩的气场。从这个意义上讲,浦君芝的这组诗歌我觉得是有这样的气

/ 157

场的，这是诗人十年磨一剑练就的内功，以及他在常熟长期生活的经验积累。

《虞山黄公望祠》《虞山，河东君墓前》《在蒋元枢墓前》这三首诗分别写的几个当地历史上的著名人物黄公望、河东君、蒋元枢。他们都和常熟或者虞山有关。

虞山黄公望祠

阳光照在祠前，有一种气息
从虞山的骨骼深处，沿六百六十年前
沿尚湖，淌过来，润润，静谧

《山居图》，是那些气息里的一枚钉子
牢牢钉在时光的深处，弯折并断了一截
由此演绎的一些传说，发光，并让人隐痛

一些富春江水锈，也化为滴滴墨迹
消融在《山居图》的故事里。而虞山赭石
默不出声，却成为后世膜拜的浅绛色彩

此刻，我在虞山，凝视黄公望祠
四周静谧。隐约中有一道人路过祠前
颔首低眉。口中念念有词：大痴，大痴！

读这首诗，不得不让我们翻开历史：黄公望（1269—1354），字子久，号一峰，又号大痴道人。本姓陆，名坚，幼年父母双亡，居城内子游巷。永嘉九十老翁黄氏寓常熟小山，因无子，见公望容姿秀异，收之为后嗣，喜曰："黄公望子久矣"，遂改姓名。公望自幼有神童之称，工书法，通音乐，善散曲，精于画山水。画法继承董源、巨然，晚年自成一家，常在虞山、三泖、富春等处领略自然景物，随笔模记。在水墨画中，运用书法草籀的笔意，景色苍茫简远，气势雄秀，设色则以水墨浅绛居多，独创"浅绛山水"一派，对明、清山水画的影响至大，后人以他为首，把他与王蒙、倪瓒、吴镇合称"元四家"。现存画迹有《富春山居》《天池石壁》《九峰雪霁》等图。

《富春山居图》是中国十大传世名画之一。纸本，水墨。该画于清代顺治年间曾遭火焚，断为两段，前半卷被另行装裱，重新定名为《剩山图》，现藏浙江省博物馆。被誉为浙江博物馆"镇馆之宝"。后半卷《富春山居图》无用师卷，藏于台北故宫博物院。

虞山，河东君墓前

山脚的阳光，被尚湖水溅湿
清亮，迷离。一只蝴蝶痴迷

在河东君的墓前，戚戚，绕飞不去
那模样，让我忆起古籍《梅花集句》

和《月烟柳图卷》中的画，蝴蝶酷似
那些灵性的诗句，或古纸上的梅花

又仿佛穿越了三百五十年，绛云楼上

/ 159

那枚会吟诗的灯花。女童失手的灯盏

让一些诗书画,炬化成虞山一朵永恒的绛云
而河东君的墓茔深处,是否永存着,一颗蝶形红豆?

青山多妩媚。听,那只湿翅的蝴蝶栽地之前
叨念不忘:如是我闻!我闻如是!

　　河东君,即柳如是,女诗人,本名杨爱,字如是。因读宋朝辛弃疾《贺新郎》中:"我见青山多妩媚,料青山见我应如是。"故自号如是。与马湘兰、卞玉京、李香君、董小宛、顾横波、寇白门、陈圆圆同称"秦淮八艳"。后嫁有"学贯天人""当代文章伯"之称的明朝大才子钱谦益为侧室。

　　柳如是是明清易代之际的著名歌妓才女,幼即聪慧好学,但由于家贫,从小就被掠卖到吴江为婢,妙龄时坠入章台,改名为柳隐,在乱世风尘中往来于江浙金陵之间。留下的作品主要有《湖上草》《戊寅草》与《尺牍》。此外,柳如是有着深厚的家国情怀和政治抱负,徐天啸曾评价:"其志操之高洁,其举动之慷慨,其言辞之委婉而激烈,非真爱国者不能。"

在蒋元枢墓前

过三峰,恍见姓蒋的知府穿着古袍
遥望海峡方向。他的额头刻有"中华"两字
两百多年的穿越,他躺在故乡的冬天
碑文上字迹依稀:清乾隆,台北知府

曾经的伤长在墓碑上,未能痊愈
他一定有些什么,被时间丢失了
而在这个季节里,我连疼痛也丢失
不为冬的缘故,只为一些意念,冰冻太久

2014年12月某日,我在虞山
在蒋大人墓前,静思,并黯然

蒋元枢(1738—1781),字仲升,号香巖,江苏常熟人。1759年蒋元枢高中举人,被派至闽省担任地方官。1775年他被朝廷派往台湾担任台湾知府,期间并多兼台湾道。

这些历史人物的一一出台,让我们逐渐领悟着常熟厚重的历史文化积淀,他们也是我们清楚了解常熟的亲切元素。浦君芝把我们带到现实和想象的世界里尽情旅游,在常熟几个关键的点上把我们的诗情加剧,让读者的思想不断超越,形成了诗歌强大的张力。

在《时光的气息》这组诗歌里,《蹑云山房》《书院街》《言子巷古井》是对古迹、老街、以及历史悠久的景点的抒怀。穿透历史,诗人直抒胸臆,表达对常熟、虞山的热爱,对自己家乡挥毫泼墨般畅想描绘。

蹑云山房

一朵花,穿过三百年的时光
开在午夜的虞山,山坡上的古银杏

让它想起沧桑，想起山房里曾经的书生
如何读书吟诗，闲暇时如何踮起脚尖
摘山坡上的云，每摘一朵
石头上就开出一朵梅花

花朵未忘，时间的镜头里
藏着它的快门。暗夜里，那个书生
身影一闪，就成了石头上的梅花
云卷云舒。时光的额头斑驳不已
蹑云山房同样闪过，定格于镜头
成为后世永远的花朵，永远的石梅

在这首里，诗人借一朵花，一朵石梅的形象，回忆古代勤学好读的学子们，有"梅花香自苦寒来"的寓意，也是虞山有优良文化传统的实证。

诗歌从现实里出走，又回到现实中来。诗人通过想象创造出了诗的形象，我们通过想象把握住诗人的艺术构思，这就是我们读《时光里的气息》必须紧握的思路。无论诗人的思想走得多远，飞得多高，最终风筝的经线会把它收回，落到关键的点上，落到诗歌的思想里！浦君芝最终让我们回到了当下，回到了常熟，回到了虞山，回到书院街，回到言子巷的古井旁……

书院街

小城的这条街，现在是个想象
所有的东西还在，或者换个样

在时光里走丢的，唯独是书院
一些大甩卖的吆喝，伴着高亢的音乐
人来车往。街道边火炉炭火正旺
红薯的香味，招呼着脚步缓慢的学童

只是，只是没了书香
书院街的符号，偶尔会勾起读书人
一些惆怅和想象

　　书院街在那里沉默着，也有些许的繁华和匆行的脚步；老井在那里老着，经历着世纪的风霜，演绎着永恒的风景。读这两首诗歌，让人忧伤，感慨。站在人海中，这些老街、这些老街中的老物如老井、老房子，它们眺望的姿势和眺望到的人间历经沧桑巨变，在岁月的怀抱里喑哑或者皲裂。所以诗人说："小城越长越胖，古井的故事越长越瘦。"

言子巷古井

古井在言子巷缄口已久，又朴又拙。

站在古巷深处，它原是一支古谣曲
曾经咿呀吱嘎的音符，穿过历朝历代
回响不止，并散落成时光里的水滴

言子文脉，隐约于井壁青苔间
久润不绝，润泽小城二千五百年的风景

以及风景里的一些传世民谣

　　如今，古井在岁月的怀抱里喑哑
　　并皲裂。一些人间悲喜渗透进颓废的井栏
　　小城越长越胖，古井的故事越长越瘦

　　醉尉街、唐寅园、黄公望祠、河东君墓、蒋元枢墓、躞云山房、书院街、言子巷古井，这八个文化符号是诗人诗歌的形象，它们都是诗人生活在常熟这个地方的文化古迹，是各级文物保护单位。诗人用气势磅礴的诗句把它们推荐给读者，虽然每首诗歌并不长，但八首诗歌组合在一起，却有如大功率机器轰鸣之势，诗歌语言咄咄逼人，长短句运用恰当适度。

2015年3月15日于重庆